AHASVERO NELL'ISOLA DEL DIAVOLO

DAVID LEVI

Texte et illustration de couverture : © domaine public
Edition : Culturea (Hérault, 34)
Contact : infos@culturea.fr
Retrouvez notre catalogue sur http://culturea.fr
Imprimé en Allemagne par Books on Demand
Design typographique : Derek Murphy
Layout : Reedsy (https://reedsy.com/)

Dépôt légal : janvier 2023

ISBN : 9791041846160

ALLA MEMORIA

DI

PIETRO LEROUX E CARLO FAUVETY

MIEI AMICI

ESTINTI

E IN ME SEMPRE VIVI.

L'EBRAISMO E LA RIVOLUZIONE FRANCESE

I. — La Francia dal 1840 al 1848 e la Francia nel 1898.

E tu, mio maestro ed amico, morivi a Parigi colla parola Umanità sulle labbra, e tu, mio fratello di pensiero e di fede, Carlo Fauvety, grande per intelletto, più grande per nobiltà di cuore, ti spegnevi nella tua casa ospitale di Asnières, detta il ritiro del filosofo, colla parola di Solidarietà sulle labbra, parola in cui si riassumeva la tua filosofia sociale, l'anelito della tua anima pura e generosa.

Io, giovinetto ancora, quelle due parole raccoglieva dalle vostre labbra per riportarle dalla Francia nell'Italia, allora schiava, ripeterle tra gli studenti delle nostre Università, elevarle a programma della fede futura, a dogma della religione universale; le bandiva nelle fratellanze segrete, ed esse divennero per noi, insieme con quella d'indipendenza nazionale, la fede nuova, la quale infiammava il nostro cuore, il vincolo d'unione, che doveva stringere, non solo le diverse parti d'Italia, allora smembrata, in una possente unità, ma, solidarie fra loro, l'Italia alla Francia, la Francia al mondo, e costituire insieme la Nuova Europa.

I miei condiscepoli al Collegio di Francia ed alla Sorbona e nei diversi corsi universitarii, alle parole infocate di Michelet, di Edgar Quinet, di Royer Collard, del filosofo Cousin e dei suoi seguaci, come degli stessi economisti, già sansimoniani, quali Michel Chevalier, Augusto Comte e altri, non avevano che una fede, cui trasmettevano alle nostre menti, la fede nei principii fecondi della Rivoluzione; e tutti, giovani francesi e stranieri, uniti in comunione da questi principii, che come vincolo di sacramento ci stringevano in una stessa famiglia, nei ritrovi palesi o fra le fratellanza segrete, giuravamo di consacrare la vita nostra al loro trionfo non solo in Francia, ma in ogni parte d'Europa. A quei tempi non esistevano differenze fra nazioni, e nazioni; eravamo Italiani, Svizzeri, Polacchi, Ungheresi, Tedeschi, Russi, tutti come un popolo solo, una famiglia; non pregiudizio di culto e di classe, ma Protestanti, Ebrei, Cattolici, Sismatici, tutti stretti in un fascio, tutti (era la nostra parola d'ordine), tutti come uno. Tutti giuravamo di adoprarci e combattere pel trionfo della legge morale, universale, consacrarci al progresso della libertà, della fratellanza dei popoli, in tutto il mondo, unirci in una sola associazione, ciascuno e tutti solidarii fra loro: Parigi doveva essere il nucleo dell'associazione, il focolare della nuova fede, da cui doveva irraggiarsi sopra l'Europa, allora oppressa, e gettare le basi della confederazione di tutti i popoli.

Gli studenti erano a quei tempi le sentinelle avanzate della libertà. Ogni nobile causa trovava nel loro cuore un'eco, in essi un campione per difenderla; ogni illegalità ed ingiustizia, non solo una protesta, ma suscitava una falange di generosi per combattere e rivendicare il giusto diritto conculcato. Non si discuteva intorno alla classe, alla casta, alla religione professata dall'individuo, ma in ciascuno di essi non si vedeva che l'uomo, ed il suo diritto.

La Francia era allora, come adesso, frazionata in partiti. Esistevano legittimisti, conservatori, radicali, socialisti, cattolici e neocattolici, ma in ciascuno batteva il cuore della Francia, della sua dignità, del suo onore. I cattolici, i neocattolici, come Chateaubriand, Montalembert, Buchez, Balanche, Dupanloup e Veuillot stesso, accettavano i principii fondamentali della rivoluzione, i quali costituivano la nuova Francia, fondavano su di essi i loro giudizî, le loro dottrine. Chi avrebbe sognato allora di diseppellire i pregiudizî, le mostruosità dell'evo medio? Chi avrebbe mai immaginato pure di distinguere il cattolico dal protestante o dall'ebreo? Se ora gli studenti, il cuore, la parte giovane e generosa della Francia vagheggiano i tempi obbrobriosi della Ligue o quelli dell'abolizione dell'Editto di Nantes, ove si arresteranno i figli dei Crociati e il clero, che aveva preparato quegli obbrobrii, fomentata quella strage, e ne gavazzava?

Un giornale, come quello diretto dal famigerato Drumont, giornale dell'odio e della menzogna, non sarebbe, a quei tempi, durato dieci giorni, nè avrebbe raccolti dieci abbonati: sarebbe caduto, dopo pochi giorni dalla pubblicazione, sotto il peso del disprezzo e della indignazione di ogni classe di cittadini, dall'aristocrazia del quartiere di S. Germano, al più umile operaio del Borgo di S. Antonio. Un processo, come quello di Dreyfus, sotto il regime degli Orléans o sotto quello degli stessi Borboni, o non sarebbe sorto, o sarebbe stato spedito in pochi giorni secondo verità e giustizia; ora è divenuto un vitupero e anche un pericolo per la Francia, uno scandalo in tutta Europa, e, dopo tre anni, non è chiuso ancora!

L'Europa intera, che ora, mercè l'opera della Francia, la nobile iniziatrice, è, in gran parte, divenuta liberale, assiste a questo turpe spettacolo e ne è commossa, indignata. Essa non odia la Francia, come si stampa, si predica da alcuni a Parigi, ma deplora e geme, perchè l'ama, l'apprezza, e molto spera ancora dal suo popolo precursore delle più ardite riforme. Essa, da oltre un secolo, non mirò nella Francia, se non che gli atleti della Rivoluzione, gli eroismi dei Giacobini, la terra degli Enciclopedisti, delle arti, delle lettere, della politica redentrice. L'Europa rammenta sempre, che essa rese all'umanità un servizio incomparabile, superiore a quanto operarono tutti i popoli che la precedettero. Essa ha liberato la personalità umana da ogni considerazione di natali, di credenze religiose, di classi; ha proclamata in faccia all'Universo i diritti dell'uomo, ha coronato l'individuo dei suoi diritti inviolabili, ha proclamata la legge, non di una nazione, nè di una razza, ma di tutta la specie umana. Ed ora questa Francia rinnegherebbe quel che ha affermato, proclamato in faccia al mondo, tradirebbe sè e la causa dell'umanità? Ecco il dubbio che agita, commuove e addolora l'Europa: se la Francia discrta il suo posto di sentinella avanzata della civiltà, di cavaliere d'ogni diritto, di custode della giustizia, chi scenderà nel campo a sostituirla? Se essa si unisce, s'imbranca a quanto vi ha di più reazionario e micidiale alle libertà in Europa, chi sottentra ad essa? Dove, a chi ci volgeremo ancora per combattere a difesa della civiltà, della scienza e della giustizia? Egli è pur troppo il chauvinismo Gallico, avvelenato da rancori, da invidie, da odii, che crea alla Francia il maggior pericolo, e costringerà l'Europa liberale ad aprire una campagna, non contro di lei, ma contro i suoi capricci, le sue aberrazioni istantanee funeste a tutti, e a lei micidiali. Perciò ogni uomo di cuore in Europa si agita, si commuove, non per ostilità, sibbene per avvertirla della strada pericolosa, nella quale si è gettata, quasi incosciente, immemore di sè, degli alti destini a cui era chiamata nel mondo civile.

*
* *

Per due colpe, dicevano i profeti d'Israello, questi tribuni, non di un popolo, ma di tutti i popoli, fu giudicato Moab, e per una fu condannato. Per due sintomi, diremo noi, fu giudicata la Francia e per uno sarà condannata. Per quella ignobile farsa del Boulangismo, con cui un popolo generoso si era gettato ai piedi d'una sciabola e di un cavallo, staffiere in cerca di un paladino qualunque, armato della sciabola o dell'aspersorio. Per le scene di umiliazione e di dedizione, colle quali essa si è gettata ai piedi dello Czar; poteva pure farsene un alleato, ma con quella dignità e quel decoro, che una grande nazione non deve mai obbliare. Però di un procedere siffatto non è giudice che la Francia; libero a ciascuno di fare quanto gli conviene della propria persona, perocchè il pudore non s'impone, nè ad una cortigiana, nè ad un popolo. E i liberali d'Europa videro, deplorarono, e si tacquero.

5

Un altro sintomo di codesta decadenza morale, a cui il liberalismo Europeo assiste e pel quale si commuove e protesta, è l'affare di Dreyfus. Perocchè omai il senso di giustizia è così vivo e profondo nel mondo civile, che quando altri lo vede offeso e conculcato, sente che tale oblio può divenire un pericolo per tutti.

Io non mi fermerò a parlare dei particolari di questo processo, omai ben noti; per quanto altri tenti, si adoperi per addensare le tenebre intorno ad esso, la luce è penetrata in ogni parte, e la luce sarà la condanna di quanti lo hanno iniziato e condotto.

Costoro speravano che, come nei tempi, cui vorrebbero evocare, il barone o l'Inquisitore potessero spingere la vittima disignata entro il trabocchetto preparato, ivi l'accusato, vittima dell'intrigo, sparisse sepolto per sempre, e si facesse su di lui il silenzio della morte.

Ma nel secolo decimonono, anche i sepolcri talvolta hanno una voce, anche i lamenti dei sepolti nell'Isola del Diavolo, trovano un'eco.

La Francia intelligente e proba, l'Europa, il mondo civile raccolse quell'eco, udì quel gemito, si commosse; contro il verdetto imposto dalla servilità burocratica, dall'albagia dei militari, dai raggiri dell'ipocrisia o della paura di giudici ignari o prezzolati, o di giurati atterriti, tutto il mondo civile alla loro condanna contrappose il proprio verdetto, protestò e gridò, che quel processo è l'ingiustizia più turpe che sia stata commessa nel secolo decimonono.

II. — Il Giudaismo — Sua essenza — Sua missione.

Il processo Dreyfus, le vaste proporzioni, che assunse un fatto accidentale e che concerne un individuo, presenta alcunchè di provvidenziale, o, se vuolsi, della fatalità storica.

In mezzo alle angoscie e alle sorprese, che esso ha suscitate, offre all'osservatore due sintomi importanti e due consolazioni. Primo, si è rivelato agli occhi di tutti una specie di UNITÀ MORALE, che omai domina e stringe, come in un solo popolo, tutto il mondo civile nei due emisferi, unità di sentimento e d'interesse morale, il quale, in questo albore del secolo, che sta per aprirsi, sembra inauspicare, sopra le rovine del mondo che sta per dileguarsi, quell'unità, la quale dovrà dominare la umanità futura.

Seconda consolazione, è che questo verdetto cosmopolita ci palesa e prova, come il concetto di giustizia sia diffuso e prevalente nel mondo dei popoli, da Washington e Boston sino a Berlino, Roma e Mosca, e oramai domini la società, che va formandosi sulle macerie dell'antico.

Ora ci domandiamo: donde l'origine del concetto assoluto della Giustizia, del suo imperativo giuridico-morale? Chi ne fece la base della propria religione, del suo culto, delle sue istituzioni politiche, il soggetto e l'oggetto della sua propagazione, e scopo del suo mandato fra i popoli?

La questione Dreyfus si confonde con quella dell'Ebreo, la quale si presenta, si agita da secoli in mezzo a tutti i popoli. Ora che cosa fu nella remota antichità e che cosa è nella sua essenza l'ebraismo? — A chi risale alle sue origini, e segue l'ebraismo nel suo svolgimento ed applicazione, esso non è nè una religione, nè un culto, nè una nazionalità nel significato moderno. È qualche cosa di più, o se vuolsi di meno.

È un complesso di principii assoluti e direttivi dell'ordine sociale, i quali, astratti, ideali ed universali nelle loro origini, tentarono, a traverso il tempo e lo spazio, di esplicarsi e penetrare di sè tutti gli umani concorzî.

È un'idea che vuol trasformarsi in costituzione politica-sociale; la Genesi, diremo con parola biblica, che si fa numero e storia.

L'Ebreo e l'Ebraismo non furono, nelle loro origini e nel loro sviluppo storico, il prodotto di una sola razza, ma piuttosto d'un aggregato d'individui, di personalità, sorte da genti e famiglie diverse, fra Egizî, Fenici, Etiopi, Mesopotamî, ed altre famiglie, popolazioni dell'Asia centrale e dell'Egitto, le quali per tradizioni domestiche, per parentadi, per congenialità, per commerci, condizioni e circostanze speciali, si unirono, si consociarono, e poscia si fusero insieme; col tempo assunsero un tipo omogeneo, a quel modo, che nel mondo animale e nel vegetale una specie si modifica e si trasforma a seconda dell'influsso che esercita su di essa l'ambiente che la circonda, la invade, o invasa.

Però essa in quei tempi, nei quali ogni fatto o fenomeno sociale aveva del mistico e del divino, assunse il nome di popolo eletto, popolo DI ELEZIONE, voce, che corrisponde a quello che noi, con parola scientifica, ora denominiamo SELEZIONE. Cioè quella selezione naturale, con cui nella lotta per l'esistenza, finisce per prevalere il più forte, o il più intelligente.

E questo lavoro di selezione, condotto a traverso tanti secoli, popoli, razze diverse, combattimenti, sconfitte, riscosse, concentrazioni e dispersioni, temprò e ritemprò questa gente, battuta all'incudine di tanti eventi e climi, e ne fece individualità, le quali, energiche di volontà e indomite di pensiero, poterono resistere a tutte le prove, soffrire, cadere, rialzarsi, razza unica al mondo, che vince ogni avversità, vive e perdura.

Ora quali furono, quali sono le idee principali, le idee-madri intorno alle quali si raggrupparono, consociate, queste famiglie e per cui si fusero in un popolo, e che da un manipolo di uomini, secondo la promessa fatta al patriarca, dovrà divenire una progenie più numerosa dell'arena del mare?

Queste idee erano, sino dalle origini, semplici, come tutto che nella natura è grande, fecondo e durevole. Esse si possono ridurre a tre principali: un Dio, una legge, un popolo.

Presso tutti i popoli antichi, e in parte anche alcuni moderni, ogni razza, città, famiglia, individuo aveva il suo proprio Nume e una teogonia di Numi, l'uno rivale, avverso all'altro, tutti in lotta fra di loro. Guerra degli Dei contro gli Dei, guerra fra gli uomini, guerre di religioni; Olimpo contro Olimpo, razza contro razza: e i Numi, com'è noto, erano le rappresentazioni dei fenomeni naturali, animali, vegetali, siderei, od incarnazioni di eroi, di guerrieri, di principi e Re, o di uomini giusti e santi. Ora l'Ebraismo (auspici i patriarchi o Mosè, l'epoca e il nome non monta) tagliò corto a queste teogonie del Naturalismo, dell'Antropomorfismo e della fenomenologia naturale, o della fantasia umana.

Esso proclamò, come base della società, il Dio Uno. Egli creatore o regolatore dell'Universo, egli infinito ed eterno. Jeova è quello che è, fu, sarà. — L'Ente, l'assoluto. Egli, infinito, non può essere rappresentato; quindi non idoli di creta, non immagini. L'Ebreo fu il terribile iconoclasta. Il suo Dio non può essere contemplato, adorato che col pensiero, il quale deve, meditando, studiarne le opere, cercarne le vie, onde scoprirne le leggi. Però Mosè disse ancora: «Tu sei nato per conoscere». Nella legge esso aggiunse; è la tua vita. Passerete a traverso i secoli «in lei vivrete».

Ora qual è l'attributo principale, che dal legislatore viene conferito al suo Dio? La legge. Perocchè nei consorzi sociali dalla legge deriva quell'armonia che penetra e governa l'universo. Egli è anzi tutto il Dio di rettitudine e di giustizia. Quest'attributo, che domina il Giudaismo, è pure il concetto a cui s'inspirò ed in cui si riassume il poema Nazionale Italico.
«Giustizia mosse il mio alto fattore».

Ma Giustizia è termine astratto; essa deve applicarsi, tradursi in atto nella società, definirsi; ed essa si fa la Legge, e la legge diviene il vero culto d'Israel.

Però il Giudaismo non è una religione nel significato generale e volgare della parola, nè il suo culto un complesso di riti, cerimonie mistiche o sacramenti. È fondato sull'unità dell'uomo religioso e sociale, sull'unità della dottrina e della vita. A lui domma è il concetto assoluto di Giustizia nella sua astrazione; a lui il culto è lo studio della legge per applicarla con moralità ed equità, nelle società umane.

Quindi lo studio al quale deve consacrarsi l'Ebreo, è quello dello spettacolo delle opere dell'universo, per iscoprire le leggi che lo governano, ciò è La gloria di colui che tutto move, onde deriva la scienza della natura, e meditare ad un tempo la legge o la Thorà, collo scopo di comprendere, applicare le leggi, le quali devono governare la società umana per ottenere, mercè un'educazione razionale, il miglioramento dell'individuo come della specie.

E dal giorno, nel quale fu proclamata la legge, come succedeva nelle società antiche, nelle quali il nome definiva l'individuo e lo riconsacrava, innestando nella personalità il proprio pensiero, l'Ebreo mutò nome, si rinnovò e si rivelò trasformato. Non si appellò più dal suo nome d'origine, Ebreo, il nome ne rispecchiò il pensiero, ne indicò il mandato. Nomen Numen. Egli si appella Isra-el — che significa rettitudine di Dio o creatura di Dio.

Terzo elemento, o, meglio, vera piattaforma, sulla quale si è elevato l'edifizio d'Israel, nel quale si è imperniato, è il Popolo. Appo le altre genti, sarà un re, un eroe, un sacerdote, un ierofante che rappresenta, e in sè concentra la nazione: in Israel, è il popolo stesso.

Appo le altre genti, non è la legge, ma il Privilegio, che costituisce la Nazione e la domina, suole elevarsi un individuo, un eroe, una classe o casta che signoreggia; in Israel è tutto il popolo, a sè sacerdote e sovrano. Voi siete, dice il legislatore, un popolo di liberi, Benè-Korim, un popolo di sacerdoti, popolo-re. Non v'ha in Israello che una classe, il popolo, un sovrano, la legge. Un Dio, una legge e un popolo.

Tali i principii generali, sui quali si fonda e s'impernia l'Ebraismo, e tali principii non dovranno limitarsi ad essere soltanto retaggio a Giacob, dice ancora la Bibbia, ma devono riuscire di scuola, esempio alle nazioni, retaggio del genere umano. E qui si apre la storia d'Israel; storia che, scrive Renan, è una delle più belle nell'umanità; s'inizia nell'età più remota, nè sembra chiusa ancora.

III. — L'applicazione dei principii ebraici nel mondo dei popoli.

La storia di questo popolo si divide in tre periodi, i quali segnano lo svolgimento graduale di questi principii, e l'applicazione di queste idee in mezzo alle nazioni.

Il primo periodo l'appelleremo di Concentramento; il secondo di Dispersione; il terzo di Fusione. Nel primo, egli combatte per conquistarsi una patria onde ordinarsi e costituirsi in nazione. La regione che, per tradizioni di famiglia, come pel mandato imposto ad Israel, doveva essere la sua sede, il punto per raccogliersi, fu la Siria o Palestina. Era questa la terra sacra, la terra eletta o di elezione, terra, diremmo, provvidenziale: La Siria è un istmo che, mentre è chiuso in sè, come una fortezza, tra i monti, il deserto ed il mare, rannoda insieme i tre continenti del mondo antico, Asia, Africa, Europa, è la meta verso cui si sono rivolti gl'invasori da ogni parte del mondo; è la meta che invoglia le cupidigie di ogni conquistatore, soggetta a continue guerre e travolta in trasformazioni violente di razze, di religioni, di imperi, che si rovesciano, si sovrappongono l'uno sull'altro; ed è pure il punto centrale, cui il mondo antico appellò umbilicus terræ, il punto in cui s'incontravano tutti i popoli dell'antichità, e, ad un tempo, era punto d'appoggio, da cui, intermezzando fra tre mondi, si può esercitare un'azione potente sopra tutti i popoli; punto di concentramento e di espansione, che raggruppa e snoda, annoda ed espande.

Dopo lungo periodo di guerre, Israel appena cominciò a stabilirsi in questa regione, a consolidarsi, e prese a svolgere, applicare i suoi principii sociali, non sì tosto divenne una forza, egli vide levarsi contro di lui i popoli, i grandi imperi che lo circondavano, Egizî, Assiri, Babilonesi; e dovette combattere contro tutti, a difesa della sua nazionalità, e de' suoi principii.

Questi imperi, oltre all'interesse politico e strategico di rendersi padroni della Siria, la quale offriva il passaggio per l'Egitto, nei vasti imperi dell'Asia centrale, e per l'occidente, avevano pure un interesse speciale, religioso e sociale, per combattere l'Ebreo: e s'iniziò quella guerra contro l'Ebreo, che ora si dice antisemitismo, e che in quei tempi veniva combattuta spesso dagli stessi semiti.

Le sue leggi, la sua religione, la sua costituzione sociale, era per loro un pericolo, una minaccia, però ciascuno aveva interesse che l'Ebreo non pervenisse a consolidarsi fortemente. La costituzione sociale dell'Ebraismo era l'antitesi, la negazione di quella di tutti i popoli e regni dell'antichità, e, come diremmo con parola moderna, era una minaccia permanente contro l'ordine. Tutti i regni adoravano una moltitudine di Numi d'ogni forma, avevano culti feroci, voluttuosi, osceni, o Nume loro era lo stesso imperatore od il conquistatore.

L'Ebreo, invece, opponeva un Dio solo in cielo, una legge in terra. Quelli erano divisi in caste, in classi; e le classi privilegiate erano tutto, il popolo o la massa nulla, l'operaio, il contadino oppressi, calpestati, schiavi: appo l'Ebreo non esistevano classi, l'operaio, il contadino il popolo erano tutto, e il sacerdozio stesso era confinato, isolato all'altare, chiuso, diremmo, nel tempio, e unico re la legge. Là era autocrazia, teocrazia, e quindi il dispotismo, l'arbitrio che dominava; qui la legge sovrana, la uguaglianza sociale. Era la Svizzera, l'Olanda, dell'antichità e come diceva Renan, e prima di lui disse Michelet: fu la prima e vera democrazia dell'antichità. A quel modo che tutti i despoti moderni, la Spagna, l'Austria, la Francia, la Corte di Roma combattevano una lotta accanita contro l'Olanda, la Fiandra, la Svizzera protestante e poscia contro la Rivoluzione Francese, non altrimenti tutti i dispotismi e le teocrazie dell'antichità mossero una guerra continua, accanita contro questo piccolo popolo libero, e nulla fu risparmiato per ischiacciarlo, sopprimerlo.

Questa la prima e forse l'unica cagione degli odii e delle ostilità di ogni nazione contro l'Ebreo, la origine e causa vera dell'Antisemitismo nel mondo antico e nel moderno.

Egli era la condanna d'ogni dispotismo e d'ogni superstizione, con cui e per cui regnavano, e che volevano far prevalere pel loro interesse, in nome dell'ordine. Tutti combattevano colla forza degli eserciti, le calunnie, le mali arti di governo contro lui; ed egli colla sua legge, i suoi principii religiosi e politici, si levava solo a lottare contro tutti. Inde irae.

E prima gli convenne combattere contro i potenti imperi dell'Asia Centrale, Babilonesi, Assiri, Persiani. Essi, che invasero la Siria con forze sterminate, ebbero facile vittoria sopra questo popolo, piccolo di numero ed ordinato più per la pace e pel lavoro, che non per le arti della guerra. Sionne fu espugnata, il tempio arso, il popolo disperso e fatto schiavo. Ma, se era debole per forze materiali, era indomito per forze morali. Questo popolo raccolse di nuovo le sue forze, ricostituì il suo regno, si rifece nazione, potenza; e s'iniziò un secondo periodo di concentramento: Ma allora nuove forze, altre potenze, mosse dallo stesso antagonismo politico e religioso, si levarono contro di lui dall'occidente.

I Seleni, i popoli Greco-Macedoni, i quali miravano specialmente a combattere e sopprimere il suo culto, la sua legge, e imporre i loro Numi nel tempio di Sionne; Israel combattè contro di loro una pugna eroica; quelli furono vinti, il tempio purificato. Allora sorse contro di loro Roma. Guidava sotto il suo stendardo tutti i popoli, associava a sè tutte le forze del mondo, e le avventò contro il Dio Ebreo, contro il popolo, la legge. L'Ebreo si trovò a fronte con Roma, tutto il mondo schierato contro un pugno d'armati. Fu una guerra di nazionalità, una resistenza delle più eroiche e grandiose che ricordino le istorie: l'Ebreo solo, fra tutti i popoli, osava resistere a Roma; colla sua resistenza ne feriva l'orgoglio: conveniva trionfare ad ogni costo, sopprimerlo. Roma, dopo una lotta di oltre dieci anni, vinse, Sionne fu espugnata, distrutto il tempio, arso, il popolo condotto in esiglio e disperso.

E qui comincia il secondo periodo della sua storia, ed il più tragico; quello della dispersione.

IV. — Periodo della dispersione.

A quel modo, che nei tempi nostri, dopo la reazione del 1815 e lo smembramento d'Italia, i nostri emigrati, profughi e dispersi in ogni parte del mondo, presero a cospirare contro l'Austria, che rappresentava allora ogni dispotismo, e si recarono a combattere in Spagna, in Grecia, Svizzera e nelle Americhe per la libertà, non altrimenti gli Ebrei, dopo la caduta del tempio, schiavi o dispersi in ogni parte del mondo antico, iniziarono una guerra sorda e tenace di opposizione e di cospirazioni contro Cesare, come contro la costituzione sociale del mondo pagano. Erano state spezzate nelle loro mani le armi materiali, ma rimanevano loro invisibili, inoppugnabili, quelle intellettuali e morali: la fierezza di un popolo, la fede nella giustizia e nella verità. Milioni di Ebrei, tratti in cattività a Roma e nelle grandi città, erano condannati a lavorare nei pubblici edifizî, ad erigere in Roma il Colosseo, le Terme, il palazzo di Cesare. Quivi si affiatavano, si associavano cogli schiavi ed operai delle Gallie, della Germania, delle provincie italiane, uniti da un odio comune, e da una stessa sete di vendetta contro Roma, la terribile conquistatrice e tiranna delle genti, e contrapponevano le dottrine religiose e sociali, uscite dal seno dell'Ebraismo, contro quelle pagane. Così, mentre l'operaio lavorava a sollevare le Terme ed il Colosseo, orgoglio dei Cesari, minava e scalzava dalla base l'edifizio dello impero di Cesare e di Roma.

Il Cristianesimo, mentre Sionne ed il tempio erano ancora in piedi, si era appena diffuso fuori delle sue mura, e delle provincie Siriache; caduta Sionne, prese uno slancio subitaneo e cominciò a propagarsi nel mondo greco-latino, nelle grandi capitali dell'Asia Minore, ed a penetrare in Roma. Il Cristianesimo ne' suoi primordii rispondeva agli ideali ebraici, così religiosi come sociali. Cristo, come si vede dalle stesse epistole di S. Paolo, era per essi, più che persona storica, un ideale, il quale, simbolo della parola dei loro profeti, corrispondeva alle passioni ardenti e tormentose, che si agitavano nel profondo dei loro cuori. Nella sua dottrina morale, come nella passione e morte, trovavano, personificate, le dottrine dei loro avi, le sofferenze, la crocifissione di tutto un popolo immolato. Al pari dei nostri martiri patrioti, nei tempi dei Carbonari e martiri della libertà, egli divenne il centro intorno a cui si raccoglievano tutti gli oppressi, i sofferenti, e quanti aspiravano a libertà. La maggior parte dei primi apostoli e martiri erano usciti dal seno degli Ebrei; essi contrapponevano il Cristo, all'imperatore, il loro Dio, alle divinità dell'Olimpo Greco-Romano. Voi, dicevano, nell'ardore delle loro passioni, nell'entusiasmo della fede, voi credeste di trionfare di noi, di soggiogarci, annientarci, e noi afferriamo uno dei più umili fra i nostri fratelli, figlio d'un semplice operaio, nato nella piccola terra di Betlemme, noi lo solleviamo sulle nostre braccia, invano incatenate, lo gettiamo contro Cesare e Roma, dicendo: Questo sarà il vostro Re, Imperatore e Dio. Rex Romanorum.

Per circa tre secoli, Cristiani ed Ebrei formarono una medesima comunione, associati nelle stesse dottrine, rivolti ad uno scopo: La diffusione ed il trionfo del messianismo. Avversi del pari alle istituzioni pagane, ribelli al dominio di Cesare, perseguitati del pari, essi si strinsero in fratellanze segrete, per modo che molti dei martiri cui il Cristianesimo attribuì a se stesso e santificò, furono Ebrei. Essi avevano comuni le scuole, come i sepolcri; e nelle recenti scoperte, in fondo alle catacombe, dalle iscrizioni e dai simboli si riconosce, che molti dei sepolcri e delle urne coprono le salme di Ebrei.

La scissura dei due rami, nati dallo stesso ceppo, cominciò veramente con Costantino, e venne vieppiù allargandosi dopo che la Chiesa si unì e si associò all'impero.

Dante, nel poema nazionale, in una visione meravigliosa di poesia e di verità storica, descrive e segna questo momento storico con parole roventi.

L'aquila vidi scender giù nell'arca
del carro, e lasciar lei di sè pennuta;

O navicella mia, come mal se' carca.

Il Cristianesimo primitivo fu trasformato, adulterato e sopra il carro vide:

Seder sovr'esso una puttana sciolta:
Di costa a lei dritto un gigante
E baciavansi insieme alcuna volta.

Fu in ogni tempo fina politica della Chiesa romana cedere, modificarsi secondo le circostanze e le necessità dei tempi. In tal modo la vediamo ancora nel nostro secolo, nel 1814 e 1815, essa è a capo della Santa Alleanza, appoggia ogni sorta di despotismo. Mutate le condizioni politiche, il Vaticano diviene repubblicano, demagogo in Francia, socialista, antisemita a Vienna, moderato a Berlino, a Pietroburgo, avverso ad ogni libertà costituzionale e all'unità, in Italia.

Dopo Costantino cominciò veramente, e venne vieppiù allargandosi, la scissura fra il Cristianesimo trasformato ed il Giudaismo. Pullularono le eresie sempre più numerose e ribelli nel seno del Cristianesimo; esse accusavano la Chiesa Romana di essersi dilungata da quei principi che formavano la essenza del Cristianesimo: negli ordini religiosi, esse dicevano, divenne un altro Paganesimo; all'Uno, ineffabile, sostituì un Dio in più persone, poi il culto delle Imagini, e dei Santi, coi quali edificò un nuovo Olimpo, impose la Mariolatria. Sostituì tutta una gerarchia, una teocrazia all'uguaglianza democratica della chiesa primitiva: negli ordini sociali, altra scissione fra eletti e rejetti, sacerdoti e secolari; scissure, che si tradussero in seguito nelle divisioni di classe, clero, nobili e plebei che si combattevano nel seno della società; quindi alla legge subentrò il privilegio, al principio assoluto di Giustizia, che dominava la legge antica, contrappose la dottrina della grazia, e con essa il mercato delle assoluzioni e delle indulgenze.

In mezzo a queste scissure e conflitti, l'Ebraismo si raccolse in sè stesso e continuò a reggersi, inflessibile sempre, sopra i principî antichi. Allora dalla Chiesa venne considerato, più che un'eresia, un'empietà, un pericolo. Infatti, egli colla semplicità dei suoi riti, colle tradizioni che personificava in sè, si levava quale un'accusa, un rimprovero contro la Chiesa pomposa e trionfante; la sua perduranza e tenacità creava un pericolo, per cui sarebbe stata politica avveduta l'annientarlo, come una specie di pretendente, il quale aspirava, se non al trono, all'altare. Ma sopprimerlo, come si fece di molte eresie col ferro e col fuoco, riesciva impossibile, disseminati quali erano gli Ebrei in ogni parte del mondo, in Oriente ed in Occidente, ed ove la sua potestà non poteva raggiungerli. Adottò quindi una politica più terribile e più fina: isolarli in mezzo alla Società, umiliarli, vituperarli.

Si predicò, che su di loro pesava l'ira e la vendetta di Dio, che essi erano colpevoli di Deicidio: Quasi che Dio potesse morire; ogni giorno s'inventava una calunnia per colpire la razza e gli individui; e s'aprì l'êra delle persecuzioni più atroci e pertinaci, che rammentino le istorie religiose.

V. — Persecuzioni e Rinascenza.

Si cominciò col relegarli, come lebbrosi, in un quartiere isolato della città, lontani dai consorzi civili; si continuò coll'esodo in massa, a cacciarli di terra in terra, fomentare in ogni paese saccheggi ed eccidi; infine si elevarono roghi per abbrucciarli, e, con offesa e vitupero del vero cristianesimo, queste ecatombe umane si appellarono atti di fede! E dopo mille anni dell'età nuova, piombò sull'Europa un periodo di tenebre profonde; il mondo doveva finire, ma era la civiltà, la morale, il pensiero umano che si erano smarriti e abbuiati, e parevano eclissati per sempre.

L'umanità, come scrive con frase poetica e positiva, il sommo storico Michelet, aveva cessato di pensare. Solo l'Ebreo sentiva, che il termine del mondo non era vicino ancora, che i fati non erano compiuti, ed egli, come scrive ancora Michelet, pensava per tutti e serbava la coscienza dell'avvenire.

Egli nella Spagna, nella Francia, in Egitto, in Grecia raccoglieva i libri dell'antichità, li chiosava, li traduceva dall'arabo, dal greco in latino. Non si limitava a raccogliere questi libri e sepellirli nelle biblioteche dei conventi, come i Benedettini ed altri ordini religiosi, i quali ben meritarono dalla Civiltà, ma li diffondeva di terra in terra, li trasmetteva dall'Asia all'Europa, ed era egli stesso libro vivente. Egli aveva conservate le tradizioni delle scienze mediche, fisiche, filosofiche, linguistiche, e le insegnava, le professava; era, coi commerci, colle scienze, intermediario fra l'oriente e l'occidente, tra gli Arabi e l'Europa cristiana.

Irruppero le Crociate; e le orde Crociate, per punire l'Ebreo dell'opera sua riparatrice e civile, prima di recarsi in Terra Santa e liberare il sepolcro di Cristo, si scagliarono contro gli Ebrei, che avevano dato il Redentore al mondo; ed in Germania, in Francia, in Inghilterra, fu un furore, un'orgia di incendi, di saccheggi e di sterminio contro le comunità israelitiche.

I paladini, baroni, conti dirigevano le stragi; e le masse avide di sangue e di preda, mettevano tutto a fuoco, a ferro e a ruba; le passioni più feroci e brutali si scatenavano contro un popolo inerme, pacifico e operoso.

Anche questo triste periodo, appellato dai poeti eroico, dopo scempî di sangue e di delitti cavallereschi, tramontò, e si chiuse.

Un albore di civiltà cominciò a spuntare sull'orizzonte. Gli stessi crociati, reduci dall'Asia, ne divennero messaggeri e ne furono strumento efficace. I semi della civiltà latina, non mai appassiti e spenti in Italia, si dischiusero poco a poco alla vita, e prepararono la Rinascenza. Al Rinascimento classico, mercè lo studio della Bibbia nei suoi testi e nella sua realtà, e per opera delle sette antipapali, che serpeggiavano in tutta Europa sino dal medioevo, tenne dietro il rinnovamento religioso e la Riforma.

L'antagonismo fra il Papato e la Riforma accese le guerre più feroci, che mai abbiano insanguinata l'Europa, nei secoli decimosesto e settimo. Le guerre di religione e gli orrori di eccidi, stragi e perversità, che le accompagnarono, allontanarono i pensatori e i popoli stessi dalla religione, e in molti intiepidirono il sentimento religioso, come funesto al progresso ed alla pace, ostile e fatale all'unione e sicurtà dei popoli.

Al secolo dei teologi, tenne dietro quello dei filosofi e della scienza. La società aspirava a divenire laica. Uno spirito nuovo corse sopra tutta l'Europa; un lavoro sordo, poderoso, a cui presero parte tutte le classi sociali, dal patrizio al borghese, agli stessi monarchi riformatori, scalzava dalle fondamenta l'edifizio del medio evo, preparando gli elementi d'un'età novella: — E scoppiò la Rivoluzione francese.

15

VI. — La Rivoluzione francese e i principi costitutivi dell'Ebraismo.

La Riforma, nata dalla Teologia, si fonda bensì sulla Bibbia, ma si arresta alla parola, all'esteriore; la Rivoluzione, nata dalla filosofia, dalle scienze giuridiche e sociali, ne penetra lo spirito, ne rileva il pensiero dominante, lo spinge nella pratica sociale, lo traduce in azione. L'Ebreo, allo scoppiare della Rivoluzione, comprese che i principi da lei proclamati corrispondevano a quelli che egli professava da secoli e ne costituivano la essenza religiosa e sociale. Essi erano stati la sua forza e la sua fede durante le lotte da lui sostenute a traverso i secoli. Questi principi, come vedemmo, si riassumevano nella triade: Dio, Legge e Popolo, e la Rivoluzione, pur rispettando i culti diversi, che dividono l'umanità, si alzava alla contemplazione di un essere superiore, il Dio Uno, fattore ed anima dell'universo. Suo culto fu la legge, la quale, a quel modo che ordina e regge l'universo, così deve guidare il mondo dei popoli con equità e giustizia, e, sollevandosi al disopra dei privilegi di classe, caste e razze, mira anzitutto l'uomo coronato da' suoi diritti, e soggetto a doveri corrispondenti.

Carattere essenziale di questi principi è la Universalità. Carattere principale, che presentano i comandamenti promulgati dal Sinai, poscia svolti dai legislatori e dai profeti, si è, che essi non si limitano soltanto a riguardare una famiglia, un popolo, ma sono un imperativo morale, sociale; si adattano ad ogni razza, ad ogni tempo; ed un carattere identico di universalità è impresso nella dichiarazione dei diritti dell'uomo, proclamati, prima nell'America, poscia in Parigi, ed essi sono l'eco e l'esplicazione sempre più larga e positiva, del Verbo mosaico.

Ora egli riesce facile ai retori e accademici, che stanno leggiferando placidamente e si perdono nelle minuzie e nelle sillabe, come i Farisei dell'antica legge, il criticare la dichiarazione dei Diritti dell'uomo, opponendo, secondo il sofisma di De Maistre, che l'uomo in astratto non esiste. Certo non esiste l'uomo in astratto, come non esiste nè l'albero, nè l'animale astratto e generale; ma la mente riassume i caratteri, le doti e qualità d'ognuno, e da questi si forma il concetto dell'albero e dell'animale e ne determina le leggi generali. Con un processo identico rileva i caratteri, i bisogni della parte fisica, morale del genere umano, e procede a determinarne i diritti e doveri, i quali abbracciano tutta la specie, e col tempo, il lavoro, il progredire di ogni razza, d'ogni popolo verranno ad informarsi in ciascuno, e potranno costituire per tal modo certa unità di leggi pel genere umano.

Questi principi generali, che i codici particolari verranno svolgendo d'età in età, di popolo in popolo per tradurli nella pratica sociale, corrispondevano all'antico ideale ebraico e che da concetto religioso si traduceva in legge e pratica sociale. Avvenne quindi, che alla proclamazione dei principi della Rivoluzione, l'Ebreo acquistò più viva la coscienza di sè stesso, vide in essi la riprova e la confermazione di quella fede religiosa sociale, che fu la sua forza durante i secoli e, diremmo, la ragione della sua durata.

Perciò allo scoppiare della Rivoluzione francese, noi assistiamo a questo fatto: mentre tutte le confessioni religiose in Europa la osteggiano e ne oppugnano i principi, le comunioni ebre, sparse in mezzo a tutte le nazioni, l'accolgono con entusiasmo, ne acclamano i principi; quella turba di bottegai, di mercatanti, di operai, dianzi umiliati, negletti, rispondono all'appello della Rivoluzione, si rialzano nella loro dignità d'uomo e di cittadino. Essi intuonano la Marsigliese, e molti Rabbini la traducono in lingua ebraica, o foggiano sopra quello altri inni patriotici per Israello. Nelle sinagoghe, all'inno nazionale francese risponde l'antico canto patriottico Ebraico «In exitu Israel de Ægypto» e l'antica liturgia di Francia e d'Italia aggiunge alle benedizioni all'Eterno, a' suoi patriarchi e profeti anche questa: «Benedetta la Rivoluzione, che proclama tutti gli uomini fratelli».

All'êra nuova, che si leva sull'Europa e sul mondo, sino dalla prima metà del secolo decimonono, corrisponde una vera Rinascenza israelitica. Questo popolo, che cancellato, avvilito da duemila anni, altri credeva chiuso nel suo sepolcro e spento, si rialzò nella forza della sua intelligenza e attività, ajuto, stimolo di vita e di progresso fra i suoi concittadini. Dopo quei giorni egli prende viva parte al movimento politico, economico, letterario, sociale di ogni nazione fra cui esso è disseminato. Soldato, egli combatte al fianco dei suoi concittadini a difesa della libertà, non solo in Francia, ma nei campi della Germania, della Polonia, dell'Ungheria, dell'Italia per rivendicare la indipendenza delle nazionalità fra cui è nato. Cospiratore, egli si affiglia alle diverse fratellanze secrete per combattere il despotismo e la reazione che tenta imporsi all'Europa.

Nello stesso tempo, pubblicista, letterato, artista, scienziato, industriale, economista, socialista, noi troviamo sempre e ovunque alcuni dei suoi a combattere le battaglie della libertà e del progresso. Questo subito risveglio di una razza, che omai si credeva esaurita ed estinta, od almeno straniera in quest'Europa nella quale viveva, non solo attesta la sua origine europea, meglio che il favoleggiato Arianismo, ma è sintomo dell'energia di cui è dotato, come fosse uno degli elementi più efficaci di progresso, ed il lievito nel mondo dei popoli, non che la sua superiorità. Perocchè è omai principio proclamato dalla scienza, che le specie inferiori, deboli, poco adatte all'ambiente e poco conformate per sostenere la concorrenza vitale, sono condannate a perire, quelle superiori finiscono per vincere nel combattimento per la vita, e perdurano.

Ma egli è puranco una legge penosa, che la vile moltitudine umana suole sempre essere invidiosa, sospettosa ed avversa ad ogni superiorità individuale o collettiva. Il super-uomo o la super-nazione sono per lo più invise e temute. Si colpiscono col pugnale, come avvenne a Cesare, o si avvelenano come Socrate. L'abbiamo pur veduto, sino dai tempi delle civiltà orientali, che l'Ebreo e l'Ebraismo, appena divengono una forza intellettuale e morale o politica, tutti i despotismi antichi, come le reazioni moderne, si associano e insurgono contro di lui per opprimerlo o sopprimerlo. Nei tempi antichi, quando l'Ebreo era ancora una forza collettiva o nazione, fu combattuto colle armi e cogli eserciti nei campi aperti; nelle, così dette, civiltà moderne, gli avversari non trovando intorno a sè che individualità o personalità più o meno superiori, mutarono la tattica, si pugnò alla spicciolata, si adottarono armi corte o avvelenate, si sono inventate accuse mostruose e calunnie, come quelle del sangue emunto ai bambini, si aprirono processi loschi con documenti falsi, testimoni compri. Sopra questi dati s'imposero ai giudici sentenze per condannare. Queste guerre aperte o velate, insidiose sempre, secondo i tempi, le circostanze, l'indole dei popoli, assunsero forme diverse. Ora, nel secolo decimonono, esse si appellano antisemitismo.

Questa lue, che omai da quarant'anni, infetta l'Europa, non trae l'origine dalla scienza, come testè si volle insinuare. La scienza è moderna, la tristizia umana è antica come la storia. La scienza educa, eleva, unisce; la superstizione, l'ignoranza vitupera, inacerbisce e scinde.

Tal peste serpeggia da secoli nel seno della Cristianità e per atavismo fatale, si alimenta e si trasmette, sotto forme diverse, dall'una in altra generazione.

Chi prende a far la diagnosi del morbo, si avvedrà, che essa si compone di elementi complicati e multeplici. Questi si possono ridurre a tre principali. L'elemento religioso, il politico, e l'economico.

Cominciamo dal primo:
Sino dalla prima infanzia s'insinua nel cuore del bambino l'odio all'Ebreo, insegnando il Catechismo. Si tace come la idea del messianismo sia sorta e fermentata nel seno di quel popolo molti anni prima della nascita di Gesù, come quel popolo, specialmente sotto il giogo dei Romani, fosse in travaglio per produrre un redentore e a migliaja i suoi figli venissero crocefissi, perchè combattevano, insorgevano per la libertà della patria e la redenzione umana, si tace come Ebrei sono stati i primi apostoli, i primi Cristiani, che essi furono la vanguardia, i pionieri, i quali aprirono le porte al Cristianesimo presso i Gentili; ma s'insiste invece sulla parte incerta e leggendaria della condanna, passione e morte di Gesù: s'insegna che l'Ebreo fu deicida, che sopra di lui pesa per ogni secolo la vendetta di Dio, tale è la morale ad uso delle scuole. Le prime impressioni nelle tenere menti del bambino, non si cancellano, e il bambino crede più, che alla realtà delle cose, ai racconti delle fate e ai misteri paurosi, e pur troppo rimangono impresse nelle menti più le parole dell'odio, che non quelle di fraternità e d'amore.

Elemento politico: — Gli Ebrei, come vedemmo, sono figli della Rivoluzione, ne abbracciarono i principî con entusiasmo quasi religioso. I partiti retrivi si dicono figli dei Crociati: e non sarebbero alieni, ove potessero, dal rinnovarne le scene, non quelle magnanime, ma le insane e feroci. Però tutte le varie gradazioni dei partiti retrivi, autocrazia, clerocrazia, plutocrazia, militarismo negli alti gradi, si coalizzano per colpire, prima l'Ebreo, poscia il Protestante, il liberale, abbattendo, così uno ad uno tutti gli ostacoli per confiscare la libertà e ristaurare il regime monarchico-clericale.

Elemento economico: — È questa un'altra bottega, o altra turba d'uomini, i quali, mossi da interessi diversi, si uniscono per accrescere la fila degli antisemiti. Il negoziante e il bottegajo ebreo è attivo, intraprendente, laborioso. Esso è un concorrente pericoloso, giova quindi eliminarlo, e se non si può distruggerlo, rovinarlo; si ricorre a pregiudizi e ribalderie antiche, si risuscitano le ire, gli odi di classe; e si corre al saccheggio, al furto, come in Algeria, e come si volle pure tentare in Parigi stessa e in alcune provincie della Francia, e all'estero, come a Bukarest e altrove.

I progressi della civiltà, i principi proclamati dalla rivoluzione avevano non solo indeboliti e paralizzati questi elementi deleteri, ma già era cominciata, specialmente in Francia, una cotal fusione fra le diverse classi e credenze religiose. Conveniva ai partiti retrivi in ogni parte d'Europa interrompere, sfatare questi accordi, spargere semi di zizzanie, e si gettò il mal seme dell'antisemitismo.

In Francia era difficile che potesse attecchire: le idee di tolleranza, di umanità, erano penetrate e diffuse in ogni classe, perciò conveniva immaginare un fatto o un pretesto, che eccitasse le passioni delle masse, irritarle, accanneggiarle, spingerle all'agire. La corda, che fa vibrare più fortemente il cuore del popolo, ne accende le passioni, è il patriottismo, l'esercito, l'orrore per lo straniero invasore. E fu escogitato il tradimento dreyfusiano, e manipolato quel processo mostruoso, che è un oltraggio alla civiltà del secolo.

VIII. — Il processo Dreyfus.

Noi non entreremo nei particolari di questo processo. Ma è omai noto, a chi penetrò nel dedalo dei suoi avvolgimenti, che esso, come già accennammo, fu immaginato e preparato nelle rettrobotteghe dei giornali retrivi ed antisemiti; covato fra le ombre delle sacrestie e di noti conventi; architettato da alcune autorità militari: accolto con favore e sobillato da certi ufficiali dello Stato Maggiore, usciti dalle scuole dei Gesuiti e che intendevano sbarazzarsi dell'Ebreo Dreyfus, poichè lo vedevano con sdegno ed invidia avanzare nelle alte cariche militari, fu manipolato di conserva con questi elementi da mestatori avventurieri. Preparato nel mistero, fu condotto nel mistero con documenti monchi o falsi, privi di ogni carattere giuridico; ma tutto giovava al loro intento pure di accendere le passioni, eccitare lo Chauvinisme delle masse francesi, fuorviare, deludere la giustizia, e preparare il trionfo della reazione. Ma la giustizia, che si voleva tradire e calpestare, vive pur sempre nel seno della Francia, scosse e accese di nobile disdegno il cuore di pochi uomini superiori per intelligenza, per coraggio e potenza di carattere. Essi si ribellarono a quella cospirazione, colla quale la sciabola tentava decapitare la giustizia.

In mezzo al silenzio dei complici, degli indifferenti e dei codardi alle minaccie dei prepotenti, agli urli della folla ingannata, sollevarono il grido d'allarme, pugnarono perchè si faccia intera la luce della verità, e per salvare l'onore della Francia.

Emerge, grandeggiante, fra questi magnanimi, la figura di Scheurer-Kestner, di Picard e quella dello Zola, il quale, bersaglio ai furori, alle contumelie, agli attacchi forsennati di tutte le reazioni più arrabbiate, si leva, e sta solo e incrollabile sulla breccia.

Tutta l'Europa civile rispose al grido d'allarme gettato dallo Zola e lui acclamò campione della giustizia, paladino della verità. Il verdetto d'Europa intera, che plaude a Zola, rispose al verdetto dei pochi giurati ignoti o ignari, i quali, intimiditi o per consegna, ne pronunciarono la condanna. In questo momento si entra in un periodo di tregua, e in seguito che farà la Francia? potrà essa vituperarsi ancora, e rifiutare la revisione del processo?

Un tal processo ha cessato di essere un fatto personale e accidentale. Esso ha assunto tali proporzioni in Francia ed in Europa, da divenire l'epilogo di una lotta da gran tempo latente e offre l'occasione ai partiti retrivi, per misurare le proprie forze e scendere in campo per iniziare il combattimento.

Il condannato all'isola maledetta non è che il capro emissario, la testa del moro, contro cui si appuntano i dardi per colpire con lui numerosi avversari. Il primo sarà l'Ebreo, e coll'Ebreo la Rivoluzione, la società moderna, i diritti dell'uomo, per poi abbattere la repubblica.

Il partito liberale in Francia, come nella restante Europa, lo comprese, si commosse e corse al riparo, si armò per la difesa. Più di tutti si scosse, si agitò l'Ebreo. Ciascuno sentì che questa era la causa di tutti. Res nostra agitur. Invano in Francia si credè da molti, anche in buona fede essere questa quistione interna, che non riguarda gli stranieri. Nessuno, risponde l'Europa civile, nessuno è straniero al grido dell'Umanità; e con voce concorde lo proclamarono gli Ebrei sparsi nei due mondi: La Giustizia è la nostra religione, il nostro culto, la nostra fede, e combatteremo compatti in sua difesa.

Da oltre duemila anni essa è vilipesa, calpestata in Europa; giorno è sorto che essa si affermi, si rialzi e combatta e trionfi. E rispondendo al grido di allarme, gettato da tutte le intelligenze e dal partito liberale del mondo, essi raccolsero il guanto che fu loro gettato dai partiti retrivi, e si associarono insieme, per propugnare, colla propria, la causa della libertà di tutti.

Da oltre mezzo secolo l'Israelita in Francia si era cullato nella speranza, che il periodo storico della dispersione fra i popoli e del suo isolamento in mezzo a' suoi concittadini, fosse cessato; e salutò con entusiasmo l'aurora che pareva aprire il terzo ed ultimo periodo storico, quello della Fusione; e, sotto l'egida di principii religiosi più razionali ad un tempo e più morali ed equi, di essere alfine cittadino fra i cittadini, uguale fra gli uguali. Perciò era divenuto omai indifferente, oblioso di quei principi, che a lui erano stati forza e usbergo in mezzo ai combattimenti affrontati, alle persecuzioni sofferte nei secoli passati, e che sperava tramontati per sempre.

L'evento Dreyfus dissipò in parte queste illusioni, e lo scosse dall'apatia in cui era piombato. Lo fece pur troppo accorto, che gli odi, i pregiudizi dissimulati e celati, avevano ancora radici profonde nel cuore delle plebi umane, chè occorrono secoli per essere svelti del tutto, che i Revenants dal sepolcro, entro cui si credevano chiusi, e imputriditi, possono risorgere ancora e sopraffare, corrompere i vivi. Allora sentì il dovere di correre al riparo per difendersi. Gli Ebrei non costituirono verun sindacato, come adottando un termine di borsa, si volle fantasticare; ma si destò più vivo in essi il sentimento, che fu nei tempi di angoscia la loro fortezza e salute, il sentimento o meglio il principio redentore della solidarietà. In questo sentimento si trovarono consociati e uniti insieme tutti gli elementi, le frazioni di un popolo.

Il gran capitalista col proletario, il banchiere col bottegajo e merciajo, lo scienziato coll'operaio, il conservatore, il moderato col radicale, e col socialista.

Ad essi non tardarono ad unirsi gli uomini di nobile cuore e d'intelligenza di ogni partito e classe, che abbondano sempre in Francia; sentirono non essere questa la causa di una setta, di una confessione religiosa, ma causa d'umanità, ed una minaccia alla libertà di tutti, un pericolo per la dignità della Francia, come per l'onore dell'armata; conveniva all'uopo affrontare le contumelie, gli insulti e violenze di una folla briaca o venduta, sagrificare sè stessi per salvare l'onore e l'avvenire morale della nazione.

Un branco di arruffoni, intriganti, per coprire colpe proprie e deludere la giustizia sui veri colpevoli e fuorviarla, si erano insinuati, come bacilli morbosi, nell'organismo sano e forte della Francia, per paralizzarne le libere mosse, avvelenarne il sangue, rendersi padroni delle sue forze, guidarle a fini inconfessabili, a meta disastrosa; ma la vera Francia saprà scoprire l'inganno, le frodi tese contro il suo onore e la sua sicurezza: spezzare la rete, entro cui tentarono di avvolgerla, sbattere quella turba di mestatori dalle sue spalle titaniche, nel fango verminoso dal quale sono pullulati, ritemprarsi di nuove forze e raggiare ancora nell'antico suo splendore.

X. — L'Esposizione del 1900 — Missione della Francia — L'Europa si unifica e si espande.

I giorni dell'Esposizione si appressano. La Francia sta preparandosi materialmente; però essa non deve, non può limitarsi a celebrare solo una festa del lavoro, o una mostra industriale. Parigi, al pari della nobiltà antica, obbliga: essa è l'areòpago, al quale è convocata tutta l'Europa intelligente, e Parigi deve proporre a se stesso oltre all'industriale, uno scopo altamente civile e morale.

Il 1900 segna il centenario della grande Rivoluzione, che aprì l'êra nuova all'umanità, fondò la società moderna, e iniziò il governo della ragione. Essa trasformò non solo la Francia, ma l'Europa.

E se Parigi non vuol perdere il suo primato d'iniziatrice, e che l'alto mandato si trasferisca ad altra città o nazione, essa non solo deve riconfermare questi principi, ma condurli a più ampia e intera applicazione negli ordini politici, giuridici, e sociali, ed elevarli come programma del secolo ventesimo.

Vieti pregiudizi e vanità fanno sì, che molti in Francia credono ancora di mirare intorno a sè, come ai tempi di Luigi XIV o Napoleone I, un'Europa da invadere e conquistare, nè vogliono avvedersi, che, al soffio rinnovatore della Rivoluzione, tutto in Europa è mutato, trasformato. Appo ogni popolo molte forze, sempre latenti, e che il dispotismo tentò invano di comprimere e soffocare, rimbalzarono in tutta la loro energia e anelano di svolgersi, ad agire.

L'Europa non è più scissa, come per lo passato, in regioni e piccoli stati, facile preda alle invasioni di vicino più potente o prepotente, ma ordinata in nazionalità compatte, fiere della loro indipendenza e che, vuoi per simpatia, vuoi per interesse politico o commerciale, vuoi per la reciproca difesa, si raggruppano in un fascio di nazioni per modo che quest'Europa, già scissa in altrettanti nazioni, ora è quasi in travaglio per costituire l'Europa una. Lavoro misterioso, lento, ma indeclinabile, continuato, ed evidente all'occhio dei sensi e dell'intelletto.

Un altro lavoro, ben altrimenti poderoso e fecondo, si va facendo in questa Europa rinnovata: le Società umane, al pari delle forze cosmiche, obbediscono alla duplice legge di concentramento e di espansione. Come le nubolose, dopo aver concentrato le forze per formare un mondo od un sistema planetario, si espandono, quali germi di altri mondi, non altrimenti l'Europa, dopo essersi costituita in nazionalità, e quindi in gruppi di nazionalità, ora, traboccante di forze, aspira a meta più vasta.
Essa si sente ristretta entro gli angusti limiti a lei segnati dalla geografia, quali sono il bacino mediterraneo e l'Atlantico, i Dardanelli, i monti Urali e la Siberia; si agita per oltrepassarli. Dispone di forze, sinora non pure sognate, per percorrerli a volo. Le steppe sterminate della Siberia, che sinora dividevano due mondi, ora li uniscono, gl'immedesimano insieme.

I convogli partiti dal fondo della Russia, fra pochi anni si abbatteranno con quelli, che mossero dal nuovo mondo, la Transiberiana colla Transfranciscana, e s'incontreranno sulle rive del mar Pacifico, questo Mediterraneo dell'avvenire. L'oriente si confonde coll'occidente, questo coll'Africa. Il vaticinio, che il Profeta Israele, rapito nelle visioni dell'avvenire, già da tremila anni, annunziava ai popoli diviene realtà. «Aprite, egli gridava da Sionne, aprite le strade, adeguate i monti, togliete gli inciampi dal cammino dei popoli, poichè deve regnare la Giustizia, si costituisce l'Umanità».

XI. — Internazionalismo.

È questa un'altra delle accuse, che si suole scagliare contro gli Ebrei. Essi non hanno patria, sono cosmopoliti. Invano hanno però dimostrato coi fatti in tutto il secolo come sono affezionati al paese ove nacquero e hanno pugnato al fianco dei loro concittadini in Francia, in Germania, Polonia e Italia, sia per servire i Governi costituiti, sia per combattere le battaglie della libertà e rivendicare la indipendenza nazionale. Devoti al paese in cui sono nati, essi mirano tuttavia più alto e più lontano. Dopo il cittadino havvi l'uomo, dopo la patria, l'umanità.

Questo sentimento di cosmopolismo, che favella pure nel cuore di ogni uomo di alto sentire presso ogni nazione, è come ingenito nella razza ebrea, tal che sembra quale un suggello impresso sulla sua fronte, sin dalle origini dalla Provvidenza, e ne determina i destini in mezzo ai popoli.

Essa, come fu notato da molti scrittori e da quasi tutti gli scienziati, è la sola fra le razze umane del globo, che possa resistere alle intemperie di ogni clima e d'ogni regione, fra i ghiacci della Siberia, come sotto il sole rovente dei tropici, nelle Indie, come nel clima temperato d'Europa, noi lo vediamo allignare, perdurare, e lavora e prospera.

Ed anche in questa tendenza cosmopolita, egli non fece che precedere e aprire la via ad altre civiltà più avanzate. Chi omai in Europa, senza cessare di essere cittadino del proprio paese, non è, in qualche modo, internazionale? nessuno può chiudersi, al pari della chiocciola, entro il proprio guscio: tutti hanno bisogno di aria, di spazio più vasto, per corrispondere ai nuovi bisogni, alle proprie aspirazioni.

Tutto è divenuto o va facendosi internazionale. Dai congressi scientifici, dalle università, agli annunzi nella quarta pagina su pei giornali. Non parliamo della diplomazia, la quale lo è per origine e per essenza, dei traffici, dei grandi istituti di credito, ma gli operai, i compagnoni e proletari, sparsi nel mondo intero, tutti omai tendono a comprendersi, e abbattendo le antiche barriere, mossi da interessi comuni, mirano in ogni parte di Europa ad associarsi, a stringersi in vincoli di solidarietà, e costituire una stessa famiglia. Nel passato solo le scienze, le lettere si appellavano repubbliche universali, ora anche le arti, le quali per indole e per essenza sono la espressione più perfetta del particolarismo, assumono forma, colorito, idee e aspirazioni universali; le lingue, in questo mezzo secolo, noi le vediamo intorno a noi trasformate; dizioni eteroclite ed ibride passano dall'una in altra nazione, sono accolte e s'immedesimano fra loro. I puristi, ciò appellano, e non senza qualche ragione, barbarie, ma il popolo non cura tali accuse, procede oltre, obbedisce al genio del secolo, vede o prevede; e comincia per tal modo a formarsi una lingua europea: come già il latino nelle età di mezzo: Ciò che avviene nelle lingue, nelle arti, vediamo a poco a poco succedere nelle religioni, e nei Numi. Negli ultimi secoli del Paganesimo, Roma accoglieva nella città Urbi et Orbi tutte le divinità venute dall'Asia, dalle Gallie, dall'Etruria; loro consentiva un seggio nel gran Panteon: così accade omai nell'Europa. Però con questo divario, che Roma antica le accoglieva tutte, ne accettava i riti, le cerimonie e spesso credeva e adorava. L'Europa moderna invece li sottopone, al pari del chimico, al suo crogiuolo, li esamina, li critica, li discute e dubita. I Lari, i Penati, gli stessi Santi, che proteggevano le nostre case, le nostre città, le nazioni vanno ecclissandosi.

Al particolarismo divino stanno per succedere idee più ampie e comprensive; ai dommi imposti subentrano sistemi più o meno scientifici e razionali; alle religioni, la religione, o il sentimento religioso; ai Numi, un Divino che tutti li abbraccia e li comprende.

Chi è che potrà essere quello Iddio, che diviene?

Il naturalismo antico e le sue leggende e miti, la fenomenologia, come l'antropomorfismo moderno, più non corrispondono ai nuovi bisogni della società, non appagano nè il sentimento, nè il pensiero. A tutte coteste forze, potenze, geni e spiriti, la scienza contrappone la Unità delle forze, al dualismo antico, materia e spirito, la scienza contrappone la sostanza unica universale. La quale, in altri termini, sarebbe l'onnipotente, il Sadai dell'Antico Testamento, il filosofo, l'Ente Universale, l'assoluto, l'Essere degl'Esseri. L'uomo religioso adora l'Ente ancora, che è, fu, sarà; l'eterno, il quale, elevandosi al disopra del tempo e dello spazio, alza la mano ai cieli e dice: «Io sono in eterno».

XII. — La Francia e la nuova Europa.

Molte di quelle idee, che i filosofi del secolo decimoottavo, maturavano nel silenzio del loro gabinetto, la Rivoluzione, al pari di lava irrompendo dal cratere aperto in Parigi, propagò e diffuse sul terreno di tutti i paesi d'Europa colla parola, cogli eserciti e le società secrete.

Tutti i partiti retrivi, devoti al culto delle tradizioni antiche, e interessate a conservare i loro privilegi e abusi, si coalizzarono insieme per restaurare l'antico edifizio, che vedevano sfasciarsi e crollare, e per combattere la Rivoluzione. La lotta perdurò tutta la prima metà del nostro secolo; quando la controrivoluzione pareva ormai prevalere, tutti i popoli d'Europa si levarono, concordi come un solo popolo, nel 1848. L'antico edifizio politico fu crollato dalle fondamenta e, meglio ancora che colla violenza e le rivolte sanguinose, e colla forza, col progresso, l'educazione, per le necessità politiche; e prevalsero le idee nuove. Alle monarchie per diritto divino successero monarchie liberali per diritto dei popoli, agli Stati piccoli, frazionati, le nazionalità costituite, e i monarchi stessi ne divennero il vincolo e la personificazione insieme colle rappresentanze sorte dal seno del popolo e dal suo suffragio: Si procedette a larghe riforme negli ordini politici e civili; ed, o per opera loro, o per virtù di principi provvidi, come di popoli, noi vediamo, in questa seconda metà del secolo, elevarsi una nuova Europa, che si va costituendo e unificandosi.

Ma la reazione non si dà per vinta.

Essa ebbe e conservò sempre fautori e partigiani potenti ed abili in ogni contrada, e sopratutto nella Francia. Da essa partì la spinta rivoluzionaria, e quindi convenne sopra tutto concentrare contro di lei tutte le forze per incatenarla e comprimerla. Durante tutto il secolo fu una vicenda continuata di rivoluzioni e controrivoluzioni. La controrivoluzione ha elementi ordinati, numerosi e potenti, sparsi nelle diverse classi sociali: clero, militarismo, aristocrazia, plutocrazia, capitalisti. È guidata da mani abili il cui centro fu sempre e tuttora è Roma. Le ramificazioni si stendono in ogni città, in ogni luogo; parocchie, conventi, sacristie e monasteri della Francia, non ristanno dal cospirare nel mistero, prepararsi nel silenzio, per prorompere, quando l'occasione si presenti, a guerra aperta. Tre volte affrontò questa battaglia nella prima metà del secolo, e tre volte fu vinta: col colpo di Stato dei Borboni nel luglio 1830, poscia colla resistenza degli Orléans nel 1848, infine colla catastrofe del 1870. Finchè il popolo francese, stanco degli esperimenti monarchici, proclamò la repubblica. Ed i reazionari continuarono a cospirare sotto la repubblica, si fecero alla loro volta demagoghi, repubblicani, socialisti, profittando della libertà per istrozzare la libertà. Vinta la rivoluzione nel suo focolare, a Parigi, sperano di ottenere facile vittoria sui principi da lei proclamati, in tutta l'Europa, per modo che il centro della rivoluzione possa divenire centro della reazione.

La Francia, Parigi si dibattono, da oltre venti anni, entro una rete d'intrighi, di cospirazioni, di tentativi, che invano abortiscono, sono sfatati; si rinnovano senza posa ricorrendo sempre a nuovi intrighi, a mezzi diversi; a mendacie, calunnie, pregiudizi vieti e risuscitati, si afferrano ad ogni mezzo pur di trarre a sè le forze della Francia, rendersene padroni, e dominare. Ci riesciranno?

Noi non possiamo, non vogliamo crederlo. La Francia, Parigi, non possono smentire sè stessi, abdicare al mandato della civiltà Europea. La Francia ha subìto un Sedan militare, ma lo seppe riparare in pochi anni e si rialzò nella sua grandezza. Ma non così accadrebbe se andasse incontro ad un Sedan morale, stamperebbe sulla sua fronte un suggello d'obbrobrio, che non si potrebbe più cancellare e che segnerebbe la sua decadenza.

XIII. — Il programma politico-morale del Secolo ventesimo.

La Francia, secondo la felice espressione di Ernesto Lavisse, fu la prima a fondare il Governo della ragione.

I popoli d'Europa concorsero con materiali diversi, ma sopra le stesse basi, ad innalzare l'edifizio delle Società moderne; ora spetta alla Francia ancora, l'audace iniziatrice, l'onore, il dovere di secondare gli sforzi dell'Europa liberale e cooperare seco a condurre l'edifizio all'anelata altezza.

La Rivoluzione, elevandosi al disopra degli interessi particolari, delle tradizioni storiche, delle credenze, partendo da principi generali di moralità e giustizia, proclamò il diritto comune per tutti gli uomini. Questi principi allignarono sopra il suolo d'Europa e gettarono larghe radici. Conviene da essi dedurre le conseguenze, tradurli nella pratica, formulare i diritti generali e individuali, che derivano dalla celebre triade. In altri termini, svolgere, ridurre in legge i principi di libertà, di uguaglianza, fraternità o solidarietà, per modo che si possa formulare e sancire una specie di codice del genere umano.

Il secolo decimonono è stato essenzialmente politico; ha svolto, applicato abbastanza largamente il principio di libertà, di nazionalità; il secolo ventesimo sarà sopratutto sociale: si apre infatti col nome e la bandiera del Socialismo. Questo è il nome, la tendenza, ma è lontano dall'essere un programma, un sistema: diviene, più che non è. Esso è ancora in formazione. È un concetto, che non ha ancora acquistata intera e chiara la coscienza di sè stesso. Accade quindi del Socialismo, come di tutti gli esseri in formazione, essi hanno dei loro intenti un'intuizione vaga, non si affermano, ma cercano a tentoni fra meandri e sentieri diversi, aperti innanzi a loro, quale di essi potrà condurli a meta sicura.

Le teorie più diverse e contraddicenti si agitano, si confondono nel suo seno, e creano le perturbazioni presenti. Ora esso parla di libertà e fantastica il collettivismo, la Statolatria, che condurrebbe al despotismo, a favoritismi, a privilegi e arbitrii più violenti, che non quelli che si vollero distruggere. Ora parla d'ordine sociale, e predica, erige in sistema l'anarchia: ora predica la fratellanza, e bandisce l'odio, l'invidia, la guerra di classe; affetta di essere una alta aspirazione, una speranza, e diviene una minaccia: si presenta alla società turbata, come un'àncora di salvezza, e diviene un pericolo, parla di sicurtà, di pacificazione, e spinge alla guerra e al saccheggio. Nell'individuo, come nella società, egli non vede che gli appetiti animali, gli interessi materiali. L'uomo per lui non avrebbe, che uno scopo sulla terra, il benessere materiale, e godere: ogni grande ideale sparisce. Cancella nell'umanità quanto in sè accoglie di divino.

L'uomo, secondo la tradizione biblica, fu bensì tratto dal fango e, secondo la scienza, la quale, con forme e linguaggio diverso, corrisponde al concetto dell'antica tradizione, è derivato dall'animalità per una lenta evoluzione. Però la Bibbia, e la scienza, l'una coll'alito del divino che passò sopra di lui, l'altra colle teorie del progresso, accennano, che all'individuo, come alla società si aprono orizzonti più sublimi e puri, e gli sono assegnati destini più elevati. L'uomo è il Centauro, il quale dalla cintola in giù è animale, dal fianco in su, col collo erto, la fronte spaziosa, le mosse irrequiete, le narici dilatate, sente passare sopra di sè lo spirito dell'universo, e tende all'infinito.

Anche il socialismo è, per alcune sue tendenze, tuttora sommerso nell'animalità: lo spirito non è passato ancora sopra di lui. Invece di elevare le plebi, le abbrutisce, invece di educare, vitupera, invece di associare, come significa il suo nome, scinde e dissocia. Nella società si preoccupa anzi tutto dei salari, capitale e lavoro: nell'individuo conosce un organo solo, il ventre.

Ora il socialismo deve abbracciare l'individuo, ed i consorzi sociali nelle varietà delle loro attitudini e manifestazioni. Non intendiamo, che si ritorni al dualismo medioevale, che scinde l'individuo in due parti, carne e spirito in continuo contrasto fra loro, e divide la società in due campi del pari ostili, l'uno per signoreggiare e sottomettere l'altro, come eletti e reietti, clero e laico, spirituale e temporale, od il dualismo anche più funesto bandito da alcuni socialisti, i quali scindono la società, in sfruttati e sfruttatori.

Il vero socialismo e, speriamo, il socialismo dell'avvenire, ha per uffizio e scopo principale di unire, non dividere, procede ad un lento e continuato miglioramento del proletario e del borghese, individuale e sociale. Non conosce differenza tra l'idea e la realtà, considera l'uomo come un'unità.

Esso diverrà una specie di religione. Non la religione che rilega, incatena ed assoggetta individuo e società, e che predica una fede imposta; ma sarà un'associazione libera, una dedizione spontanea, la quale, mercè riforme progressive, stringe le diverse classi sociali in una comunione d'interessi e d'idee. È la religione del giusto, del bello e del vero: fede ad essa non sarà più un misticismo oscuro, ma la scienza ed i suoi trovati, il sentimento e le sue aspirazioni; culto, la moralità e la giustizia; scopo, il miglioramento fisico, morale intellettuale dell'individuo e della specie.

Nel passato, la morale religiosa venne riassunta nel precetto: ama il prossimo come te stesso. L'Etica sociale dirà invece: opera per ottenere il miglioramento altrui, e così assicuri il bene proprio. Non vivi solo in te, e per te, ma per la Società. Ciascuno è solidario per tutti: tutti per ciascuno.

XIV. — Il Clou morale dell'Esposizione nel 1900.

Uno spirito innovatore e luminoso aleggia, sovrasta sopra l'umanità e la guida a meta indeclinabile. Le barriere cadono, e tutto tende a compenetrarsi, a comprendersi, armonizzarsi, conformandosi col gran tutto. La materia segue la legge dello spirito e dell'intelletto, il quale lo domina e guida; le energie materiali l'immedesimano collo spirito. All'unità scientifica dovrà seguire, compenetrandosi assieme, l'unità sociale.

Tutto procede verso la unificazione, nel dominio ideale, come negli ordinamenti sociali, preparando e promuovendo pure una certa equivalenza ed unità di condizioni, la quale possa assicurare a tutti, per mezzo del diritto comune, il massimo del benessere compatibile colle condizioni umane. In tal modo, per vie diverse, si va formando la unità morale, economica, giuridica, sorgente inesauribile di verità, di giustizia, di forza e pacificazione.

Di questa unificazione negli ordini materiali e nel lavoro, si solleverà in breve, simbolo vivente, la Esposizione di Parigi, nel 1900.

Essa deve inaugurare il secolo ventesimo e celebrare il Centenario della grande Rivoluzione. Però sinora la Mostra non accenna a rappresentare se non che il lato industriale, economico, materiale. Per celebrare degnamente l'evento mondiale e storico, che aprì il secolo decimonono, dovrebbe in certo modo completarsi col concetto morale e sociale, il solo veramente fecondo e duraturo.

La Esposizione di Chicago offrì ai popoli uno spettacolo veramente meraviglioso dei progressi ottenuti durante questo secolo, nelle industrie, nelle meccaniche, nelle arti, nel dominio dell'uomo sulla materia.

Ora di cotesto sfoggio d'industrie, di manufatti, di tesori d'arte e di gemme, che cosa rimane ancora? Il monumento grandioso per scienza architettonica, per arti, lusso, per la mole immane, cadde demolito, distrutto, le merci, le ricchezze andarono disperse. Pure in questo naufragio di tutta la parte materiale, sopranuota tuttavia un'idea, che ne fu il coronamento, la parola vivente: il Congresso delle religioni.

Nello stesso modo, la parte che appellerei teatrale della Esposizione francese, è destinata a sparire, come quella americana, se non che la prima intende ora di rappresentare alcunchè di più che non una mostra industriale ed un interesse materiali, questa è simbolo, testimonianza d'un alto concetto politico, sociale e morale. È il centenario della Rivoluzione, che aprì un'êra nuova nella vita dei popoli. Deve quindi, non solo rappresentarla materialmente, sibbene continuarne, completarne le idee, esserne come il coronamento. La Rivoluzione nel suo concetto agitò, mercè i suoi precursori come in seguito nell'apostolato dei suoi allievi, e continuatori, tutti i più grandi problemi che preoccuparono l'umanità.

Alcuni di questi problemi, discussi a lungo, negli ordini politici, economici, vanno semplificandosi e sono in via di sciogliersi; per altri abbondano i materiali, ma, timidi, o scettici, pochi osano o curano affrontarli apertamente.

Uno dei più poderosi, e che in sè riassume quasi una civiltà, e più secoli, è il problema religioso, il quale è pur sempre, malgrado tutti gli scettici e gl'indifferenti, il nodo del problema sociale.

Le religioni, che nel passato avrebbero dovuto rilegare, associare insieme gli uomini, non fecero che dividere; furono un pomo di discordia, anzi che anello d'unione, furono arma di guerre, anzi che parola pacificatrice. Fu questa necessità dei tempi, delle condizioni politiche e sociali, di fantasie e passioni umane. Per lo più, esse furono larve, anzi che idee, simboli che coprivano, dissimulavano il vero; le religioni, anzi che relegare, allentavano e spesso spezzavano i vincoli sociali, tra famiglie e famiglie, popolo e popolo; si creavano Chiese non Templi, sacerdozi, uffizianti per i diversi culti, non un sacerdozio pel divino e per l'umanità.

Ora invano tentiamo sottrarci al problema religioso; esso s'impone, si presenta del pari, in nome delle tradizioni, in forza dei bisogni, delle aspirazioni e passioni umane, come della scienza: il Congresso delle religioni fu il coronamento, l'idea, che perdura sopra le rovine della Mostra di Chicago; esso si proponeva di sostituire alle religioni, la ragione, ai culti moltipli contrapporre il culto del vero, del pensiero, della scienza; alle religioni, alle sette, l'aspirazione umana, il consenso religioso, morale di tutti, o quello che, diremo con parola italica, l'intelletto d'amore. Queste idee sono pure in gran parte il postulato, l'applicazione di dottrine e principi proclamati dai sommi precursori della Rivoluzione, non solo in Francia, ma in Inghilterra, in Germania, nella stessa Italia. Queste idee potrebbero presentarsi come il clou intellettuale e sociale della Esposizione e preparare un'azione benefica, che potrà elevarsi e diffondersi in Europa, come la vera e nobile revanche, la quale, senza spargimento di sangue umano, nè guerre, varrà a ridonare ancora alla Francia il primato morale, intellettuale e civile sopra i due mondi, e segnerebbe la più gloriosa e umana delle Gesta Dei per Francos.

FINE.

AHASVERO

nell'Isola del Diavolo

Ahasvero

I.
L'Olocausto eterno.

E l'età rea non tramontata è ancora!
Mille passar sulla mia fronte indomita
Ed anni novecento, e ad ogni etade
Sul carro da rabbiosi lupi tratto
E luridi sciacalli, ed ogni giorno
Mi flagellar, più sempre imperversando,
Con dardi, con torture e spasmi atroci.
Ed io pur sempre in mio pensiero chiuso,
Qual dentro inoppugnabile fortezza,
Che per furror di torbini non crolla,
Sotto il talon del vil che mi calcava,
Mi rialzava, in mia fè securo,
Più giovane e più forte. E fu mio sprezzo
A miei tiranni rabbia, a me vendetta.

*

* *

Or qui, nella ferale isola, sacra
Al nume loro, squallida, deserta
Da ogni consorzio umano, e tomba ai vivi,
Chiusa tra roccie e l'onde dell'averno,
Mi gettaro, e gravandomi di ferri,
Sussuraro con vil ghigno ferino:
«Dispera e muori».
Ed una vil plebaglia
Di briachi in cenci, di vendute lanze,
Di sicofanti a prezzo e di segugi,
Gavazzanti in bordelli ed in mercato,
Ove si vende e si baratta a prezzo
Giustizia e libertà, uomini e Dio,
Pur di bruttarmi d'odi e di calunie,
Ordita un'infernal trama nel buio,
Ghignando, ripetêr: «Dispera e muori.»

*

* *

E tu l'udisti, o mar che mi circondi,
E voi l'udiste, tormentate roccie,

Algide, algose; e tu l'udisti, o terra,
Che di miasmi pestilenti pregna,
Sotto i miei piè ti stendi e mi ravvolgi,
Qual funereo lenzuolo, — e non mi uccidi.
E voi, rupi, e voi, monti ancor l'udiste,
Nè vi siete dai cardini divelti,
Tal ch'io sparissi, fra i rottami vostri,
Sepolto? E tu non ti levasti, o mare,
A denunziar l'empia calunia ai venti,
E i venti a piaggie, ad isole lontane;
Tal che, qual ripercosso suon sì spanda
Di cielo in cielo, e grïdi ad ogni popolo:
«Non grazia, non pietade, — ma giustizia.
« — Si regge sol per la giustizia il mondo».

*
* *

E qui tutto è silenzio. Anch'essi i venti
Posan su l'ale. E se pur han sussurri,
Quei sussurri si cangiano in singulti,
Ed il singulto in gemito, — e s'estingue:
Tomba non soffre che la turbi il pianto.
Cupa qui regna, faticosa, eterna,
Solitudine muta, — e mi domando:
Vivo od estinto io son? e questo loco
È bolgia di dannati o cimitero,
E bara, che le spoglie algide sface?
Cade pei vivi il sole, e doman sorge
Per essi ancor. Per me non v'ha domani.
Brancolo d'ombra in ombra, ed io pur ombra.
E pur, fra tanta tenebra che aghiaccia,
Tremulo un lume, — vagola, e una voce
Vibra, e mi scende in core. — E che? fia vero?
O non è questa, illusion de' sensi
Egri, fallaci? O non è vacua bolla,
Cui l'aria allarga, ed incolora, e rompe?
Pur quel lume s'avanza. Pari a raggio,
Che dagli ultimi cieli giù calato,
I secoli e gli spazi valicando,
Dopo lungo cammin, la terra attinge,
A me s'appressa. Illumina la mente,
E penetra nel cuor. — È la parola
Degli arciavoli miei? Oh! parla, parla!
— «Assorgi, o imbelle, schiudi gli occhi e mira».
Ed una visïone a me s'apria.

II.

Le due visioni.

In mezzo a vasta, popolosa piazza
sorgeva un circo, e in mezzo al circo un rogo.
Turba d'uomini, donne, popolani,
S'affannano, da pio zelo sospinti,
A portare sugli omeri ricurvi
Rami stroncati, ed aride fascine.
E all'opra li sospingono i chiercuti
Monaci e sacerdoti, a ciò che sorga,
Degna del Dio d'amor, l'ampia catasta,
Che manda il reo fra demoni combusto.
Corrono intorno in lungo ordine, fila
Di palchi, di loggiati, da pomposi
Drappi coperti e adorni. In alto brilla
L'iberica corona, colla croce
Di quel Dio, che redime e che perdona.
Nella piazza, appo il circo, in ogni via,
S'accalca e ondeggia rumorosa folla
D'ogni età, d'ogni sesso e d'ogni gente,
Qui ritta, colà incurva, qui prostesa,
Lì sui tetti erpicata e sulle torri,
Del promesso spettacolo in attesa,
Il Re, le dame, i prenci, i cavalieri
In ricche vesti seriche, dorate,
Assisi in aurei seggi, sorridenti,
Attendono che il sacro ludo s'apra.
Entran gli araldi, suonano le trombe;
Indi silenzio. — Avanzano gli attori.
Deh! Cesare dov'è?, fra me dicea,
Ove gli edili, i gladiatori? Donde
Le belve irromperranno in mezzo al circo,
I chiomati lioni, le pantere,
Che fean grandi e terribili le arene
Dell'Impero e di Roma? — L'età nuova
È mansueta e pia; dal sangue abborre,
Ed incruente è il rito. Lunghe fila,
Sacre a Maria, di vergine sorelle,
Procedean lenti e umili; indi il corteo
Di tonsurati, in tunica, osannando:
Il divin sacramento, i baldacchini,
Il gran Labaro, ondeggiano per l'aure,
Al lor passaggio, cadono le turbe
Inginocchiate, ed alle sacre laudi
Rispondon salmeggiando. In mezzo a questa
Santa milizia chiusa, taciturna
Schiera procede, con fronte dimessa,

33

Di vecchi, adulti, femmine e bambini.
Han scalzi i piedi, nuda la persona,
Se non che le ravvolge un saio nero
Di fiamme e rossi demoni dipinto,
Che lor dal collo sino al piè discende.
Birri, aguzzini a lor stan stretti al fianco.
Chi pur s'indugia nel cammin dolente,
Col pungiglion, con uncinate verghe,
Il birro ad intimargli: «Avanza, avanza!»
Torta al collo una corda, e ciascun reca
Un cero acceso in mano.
Al circo giunti
Le madri spasimanti, che il bambino
Tengono stretto al sen, gli adulti, i figli
Che all'egro padre, all'avolo cadente
Reggono il passo, floride fanciulle,
Raggiante il volto di bellezza e vita,
Si collocàro al tetro rogo intorno.
Vider gli sgherri, che piantar le travi
Sulla catasta preparata; videro
Soffiar sul rogo, e cumular carboni
Di resina cosparsi; e i primi crepiti
Inteser delle legna arse, fumanti,
E gli urli delle plebi: «Al foco, al foco!»
Dagli sgherri le vittime sospinte
Furon cacciate entro la pira ardente;
Nel volto si guardar senza far motto.
Negro un lenzuol di fumo in pria gli avvolse,
Poi sugl'arsi carbon, gli aridi rovi
Serpeggiaron le fiamme, e crepitando,
Rosolavan le piante: Ed essi, ritti,
Assorti in Lui, non dier crollo, nè lagno.
Poi divampando, vibrano le lingue
Di fuoco, crescon rapide, comburono
Le polpe, ne ghermiscon le ginocchia,
E quai branchi di vipere, con spire
Tortuose, s'avvolgono ai lor fianchi,
Succhiando carni ed ossa. In mezzo ai sibili
Dei venti, che fra vortici coruschi
Fischian sbattuti, pïetose voci
Emergon fuori e l'aure empion di lai:
«Dai profondi, Signore, dai profondi
A te clamo...»
e ricascon soffocate...
«Osanna, osanna», intuonano le turbe,
Ed i prelati, mentre che i lacerti,
Delle abbruciate vittime sul rogo,
Con roco tonfo, cascono disfatti.

La pira s'adimava: Tutta intorno
Taceva, allor che subito per l'aure
Correre udissi, misterioso, un grido.
«In te, Signore, in te, tutto m'immergo,
Teco m'accogli, — e sulla terra pace!»
Onde il flebile sorse grido eccelso?
Da quel mucchio di cenere e cadaveri
Che dal truce martir santificati
Già s'ergevano in alto? — o fu parola
Dal ciel discesa, verbo dell'Eterno,
Che dalla morte suscita la vita?
Echeggiò sulla piazza, — Come lampo,
Le menti rischiarando ottenebrate,
Popolo e grandi scosse. Esterrefatti,
«Miserere, gridaro, miserere».
Poi caddero in ginocchio, — si segnaro...
I prelati riprendere tentarono
Le cantiche, gli osanna, — Niun rispose.
Di quà, di là, si spersero le turbe
Sgomente e silenziose. Ed io sentia,
Sentia per l'aure, qual dall'ampie arcate
Del Tempio, allor che il divo sagrifizio
Dell'ostia consacrata si rinnova,
Si confondon più note in un concento,
Qual s'uniscon più raggi in una luce,
Così quei salmi, gemiti e preghiere
Poggiando in alto, a sfere ognor più pure,
S'ergean, congiunte in un sol inno, in Dio.

*

*   *

La visïone sparve.
In me raccolto
Stava pensoso ed atterrito, — quando
Una voce degli avoli, che intorno
M'alleggiavan pietosi, — mi riscosse;
«Sorgi, tuonò: L'istoria eterna è questa.
Apri gli sguardi della mente, — e mira...»
Novella visione a me si schiuse.

*

*   *

Era in Sion, — sul monte di Morìa,
Nel cortile del Tempio. — A me di fronte
S'ergeano ancora, come ai tempi antichi,
Iachim e Boas, le mistiche colonne;
E spaziava in mezzo a lor tuttora
Il vasto mar di bronzo, — e presso al mare,
A modo dell'altar del sagrifizio,
S'alzava un'arca.

35

E su di lei che vidi?
Stava sull'ara steso un gran vegliardo;
Bianca e lunga la barba, giù dal mento
Sino a terra scendeva, — quai viticci
Attortigliati d'edera, girava
Intorno all'arca, — e tutta la copria;
Aspre catene aveva al collo attorte,
E dal collo pendenti, ai fianchi, ai piedi,
Tenevan la persona immobilmente
Al duro marmo e alle pareti avvinta.

Avea quel veglio ambo le braccia stese,
L'una ver l'ostro e l'altra ver l'occaso,
Sì che 'l capo, e il tronco, e le due braccia,
Porgean l'immago di vivente croce.

Tutto era buio. — Ma dagli occhi suoi
Partiva ad ora ad or luce sì fulgida
Che, qual di notte subito baleno,
Tempio, cortile, altare illuminava.
Io stavo fisso in esso con arcano
Senso d'affetto e di pietà, — quand'ecco,
Con subito fragor, si spalancaro
Le porte del vestibolo, ed irruppe
Un guerrier. Avea d'elmo sfolgorante,
Con l'aquila imperiale, il capo cinto,
E brandendo l'acciar s'appressa all'ara;
Sul vegliardo calatolo, ne fende
Il destro braccio, — e ne sega le vene:
Caldo proruppe il sangue, — e qual fiumana
Gorgogliando, — giù scese dal Morìa.
Poi crebbe nel cammin, s'aprì in torrente,
Pei colli dilagando e piani aperti,
Ovunque di quell'onda fecondante
Passa il tesoro, — germina la terra.
Scorre sul Morto Mar, di messe ondeggia;
Si stende sul deserto, e l'arse sabbie
Fioriscono qual rosa, e nel suo corso
È tutto moto e vita.
Un altro ignoto
Penetra nel vestibolo del Tempio;
Tacito e cauto sguiscia appo l'altare:
A la sembianza appar faccia d'uom giusto,
Maestoso è l'aspetto; L'Efod sacro
Ed il pontifical paludamento
Crescon decoro a quell'aspetto augusto.
S'appressa all'ara... Tien dentro le pieghe
Della vesta, un pugnal nudo celato,

L'afferra, — e ratto nel sinistro braccio
Della vittima eterna, sino all'elsa,
Tre volte e tre lo immerge. — Sprizza il sangue,
Del sacerdote sopra il volto balza,
Tocca appena quel volto, si trasforma
In fiele ed in veleno. Egli compreso
Da subito terror, fugge, si asconde
Nei velami dell'ara. Il sangue scorre
Dall'arca nel cortile, — e dal cortile
All'occaso si spande, a flutti, a fiume,
E si scava una foce, scende al mare,
Sposando le spumanti onde vermiglie
Al vivo azzurreggiar dell'Oceàno,
Lontane isole attinge e continenti;
E cittadi obliate e città spente,
Scote, ridesta, suscita alla vita.
Altre non note scopre, — e splenderanno
Faro di luce e libertade al mondo.

*
* *

   E già la mente mia correr sentiva
Il soffio animator dell'aspettata
Aura primaveril, che farà sgombri
Di pregiudizi i popoli venturi...
Quand'ecco giù, lontan, cupo, un sussurro,
Strepito d'orgie, d'ululi, minaccie,
D'armi di guerra. — Una perduta gente
Di sicari, di sgherri, di lenoni,
Da postriboli uscita e da taverne;
Un'accozzaglia senza onor, nè fede,
Di sacerdoti e nobili impinguati
Per furto, per mendacio, per versato
Nella guerra civil sangue fraterno,
Or stretti in lega insiem, per opre infami,
Irrupper nel vestibolo del Tempio.
Di leve, picche, di pugnali armati
Nè scardinar le mistiche colonne,
Sul veglio s'avventar, imbavagliarlo
Tentaro, e soffocarne entro le fauci
La parola, il sospir, sì ch'ei si spenga
Senza traccia lasciar sopra la terra,
Sdegnoso li guardava e non moriva:
E raddoppiar gli strazi e le torture...
Ed ei sereno e fiero, — non moriva.
Anzi più forte per crescente vita...
Fatti allor più furenti, altri supplizi
Inventar contro il veglio intemerato;
Avventar sozza e lurida canaglia,

37

Che di rapine cupida e di sangue
Accaneggiaro con sacrileghe arti
Di mendacie e calunnie. A lapidarlo
Si dier furenti in cenere converse
Abbandonarne poi le membra ai venti.
Allor, siccome suol igne compresso
Nei convulsi crateri, spalancossi
La terra, e le colonne svelte e l'arca
Col veglio, entro gl'aperti gorghi accolse
Nel sen materno, e li coprì pietosa...
Colà staranno, inviolati, sino
Che il giorno atteso spunti, — e la parola
Smarrita si ritrovi, — e splenda alfine,
Messaggiera d'amor, di pace, ai mondi...
«E tu, dubiti, imbelle? — Sorgi e spera!»

III.

Grido d'Ambascia.

Sperar! Sperare ancora? E che giovommi
Stancare, logorar le mie pupille,
La tua luce cercando? Che mi valse,
Le notti, i dì, scrutar le tue parole,
Nei libri tuoi, nel ciel, nell'universo?
Che la vita incolpabile? Che valse
Di te, di te lo spirto sitibondo,
Adorarti, cercarti, e le mie carni
Macerar nei digiuni e nei flagelli?
A te, per tante etadi, supplichevole
Prostendere le mani? — E tu, silente...
E ricadevan sempre le preghiere
Ai piedi miei, qual foglie inaridite
Che disperdono i venti. Te cercai
Nella gloria e splendor dell'universo,
E tu, nel manto di tue glorie avvolto,
Impassibile, muto. All'uom mi volsi;
Che mi diè l'uomo? Secoli d'ambascie,
Cruenti orgogli, errori, odio e delitti.
La terra, il cielo, sono immersi ancora
Nell'antico caosse. Atro l'abisso
All'abisso risponde, — il nulla al nulla:
A me Calvario è il mondo. Sulla croce,
Come olocausto eterno, io son confitto;
Da mille etàdi, flagellato, io clamo
Invocando giustizia... E che risponde
La terra e il ciel? M'irridono le genti,
E la giustizia han qui con me sepolta.
«Perchè, per chi tu t'immolasti, o Cristo?»

IV.
Nemesi!

Così parlava il prigioniero, stretto
In catene, nell'Isola del Diavolo.
E lo sfurìar dei turbini fuggenti,
Rifischiando dall'una all'altre roccie,
Tra gli alberi sbattuti, e forre ed antri,
Disperdevano i gridi e le preghiere
Del solitario inascoltato. L'eco,
Messeggiera del ciel, ne accolse il grido,
Consegnandolo ai venti, — e i venti al mare,
E il mar, coi larghi, impetuosi flutti
A le correnti, e queste, che solcavano
L'ampio per gli ocean cammin segnato,
Le portavan, coi suoni ripercossi
Dei marosi, dall'una all'altra sponda,
Con voci ognor crescenti. Sì chè pari
Al tuon che, al dì nuovissimo, riscuota
I morti dal sepolcro, ad ogni gente
L'alto dolor gridava e il gran misfatto,
Tal ch'a pietade i popoli commossi
Invochino giustizia. — E ripeteva
Il mar sonante al cielo, all'Universo:
«E tu perchè, per chi moristi, o Cristo?»